T. R. P. OLLIVIER

DES FRÈRES PRÊCHEURS

LES
VICTIMES DE LA CHARITÉ

DISCOURS

PRONONCÉ A NOTRE-DAME-DE-PARIS

Le 8 Mai 1897

AU SERVICE FUNÈBRE CÉLÉBRÉ POUR LES VICTIMES DE L'INCENDIE
DU BAZAR DE LA CHARITÉ

PARIS

P. LETHIELLEUX, LIBRAIRE-ÉDITEUR

10, RUE CASSETTE, 10

LES
VICTIMES DE LA CHARITÉ

T. R. P. OLLIVIER

DES FRÈRES PRÊCHEURS

LES

VICTIMES DE LA CHARITÉ

DISCOURS

PRONONCÉ A NOTRE-DAME-DE-PARIS

Le 8 Mai 1897

AU SERVICE FUNÈBRE CÉLÉBRÉ POUR LES VICTIMES DE L'INCENDIE

DU BAZAR DE LA CHARITÉ

PARIS

P. LETHIELLEUX, LIBRAIRE-ÉDITEUR

10, RUE CASSETTE, 10

Monsieur le Président (1),
Éminence (2),
Messieurs,

La mort est terrifiante, lors même qu'elle frappe de coups tardifs des vies longuement épuisées : combien plus lorsqu'elle fauche, en pleine floraison, des vies promises à toutes les joies, ou en pleine maturité, des vies à peine en possession des fruits de leur labeur.

Mais que dire de ces catastrophes, dont le mystère trouble les plus fermes esprits et brise les cœurs les mieux trempés? A l'heure de la joie la plus légitime et la plus pure, puisqu'elle naît de la charité, — la plus vive aussi, puisque c'est surtout la joie de la jeunesse ; quand le sourire est partout, au ciel, dans la nature, dans les cœurs et sur les lè-

(1) M. Félix Faure.
(2) S. E. le cardinal Richard.

vres, au milieu de cet épanouissement qui surabonde d'espérance, la mort fait irruption, et, d'un seul coup, — le plus horrible qui se puisse imaginer, — met à néant toute cette jeunesse, toute cette beauté, toute cette force, tout ce bonheur! Elle a passé si rapide, qu'on douterait de son passage, si derrière elle ne s'entassaient les ruines où le souffle ardent de sa bouche se reconnaît aux dernières lueurs de l'incendie qui s'éteint.

Pourquoi cela s'est-il fait? A quel dessein se rattache l'horreur d'un pareil deuil? Sommes-nous donc entre les mains d'une puissance aveugle qui frappe sans avoir conscience de ses coups, et qu'il est aussi vain d'interroger que de maudire, puisqu'elle ne peut entendre et dédaignerait de répondre?

O Dieu de la France catholique, Dieu que nous appelons notre Père, à la tendresse duquel nous croyons autant qu'à sa justice, vous n'êtes point capable de ces fureurs, et vous ne nous défendez pas de lever le voile qui couvre nos épreuves.

Votre main nous frappe dans un dessein qu'il nous est permis de comprendre, afin de nous y associer librement et de donner à nos pleurs le prix dont se paye notre rentrée dans la miséricorde.

Sans doute, ô Maître souverain des hommes et des sociétés, vous avez voulu donner une leçon terrible à l'orgueil de ce siècle, où l'homme parle sans cesse de son triomphe contre vous. Vous avez retourné contre lui les conquêtes de sa science, si vaine quand elle n'est pas associée à la vôtre ; et, de la flamme qu'il prétend avoir arrachée de vos mains comme le Prométhée antique, vous avez fait l'instrument de vos représailles. Ce qui donnait l'illusion de la vie a produit l'horrible réalité de la mort, et dans le morne silence qui enveloppe Paris et la France depuis quatre jours, il semble qu'on entend l'écho de la parole biblique : « Par les morts couchés sur votre route, vous saurez que je suis le Seigneur. »

Mais Dieu ne se plaît pas aux vengeances stériles, et c'est pour sauver qu'il flagelle, — alliant ainsi aux exigences de sa gloire celles de sa miséricorde, plus pressantes encore puisqu'il est avant tout l'Éternel Amour.

C'est le propre de l'amour d'avoir des préférences, et les peuples en sont les objets aussi bien que les individus. La France le sait, par toutes les prédilections qui marquent son histoire et font de ses malheurs des preuves sensibles de l'amour divin, à l'égal des prospérités et des succès dont elle a été glorifiée. Fille aînée de l'Église du Christ, elle suit la même route que sa Mère, participant à ses épreuves, payée avec usure des services qu'elle lui rend, châtiée sans retard pour ses abandons ou ses révoltes, avec d'autant plus de sévérité qu'elle est plus nécessaire à l'accomplissement du plan divin dans la conduite des peuples. Sa place est à la tête de l'humanité et non point à sa remorque; elle y est comme l'étendard du Christ, auquel on ne saurait infliger la honte de passer au second plan, sans que la main divine ne le relève aussitôt en châtiant la défaillance pour exalter le courage.

Hélas! de nos temps mêmes, la France a mérité ce châtiment, par un nouvel abandon de ses traditions. Au lieu de marcher à la tête de la civilisation chrétienne, elle a consenti à suivre, en servante ou en esclave, des doctrines aussi étrangères à son génie qu'à son baptême; elle s'est pliée à des mœurs où rien ne se reconnaissait de sa fière et généreuse nature, et son nom est devenu synonyme de folie et et d'ingratitude envers Dieu. C'était le faire, hélas! synonyme de malheur, puisque Dieu, ne voulant pas l'abandonner, devait la soumettre à l'expiation.

Il y a vingt-six ans à peine, — et les témoins de votre vengeance n'ont pas eu le temps d'oublier, — vous avez frappé la France à la tête, en lui demandant, pour victimes d'expiation et de propitiation, les hommes de tout rang et de tout âge, et vous avez couché sur les champs de bataille d'une double guerre soldats et prêtres, financiers et lettrés, artisans et magistrats, marins et laboureurs. Certes, c'étaient là de grandes et nobles victimes, dont le sacrifice avait sur votre justice et votre miséricorde le plus impérieux de tous les droits, celui du libre consentement ou même de la joyeuse acceptation; car tous allèrent à la mort, comme il sied à des fils de cette vieille France où l'épée fait toujours souvenir de la Croix.

Aussi quand, sous les voûtes de cette basilique, habituées à vibrer de nos cris de douleur ou d'enthousiasme, nous déposions les restes sanglants de tous ces morts vénérables, autour du cercueil où dormait l'archevêque-martyr, nous avions bien le droit d'espérer que votre justice était satisfaite et que votre miséricorde nous rouvrait les portes de l'avenir !

O Dieu de nos pères, soyez béni de ne pas avoir rejeté leurs enfants et de les avoir crus capables de payer la rançon de leurs fautes, si lourde que fût la dette et si dur que dût être le payement.

Et pourtant, l'expiation n'était pas suffisante, et les plus pures victimes manquaient à l'holocauste! Sans doute, elles avaient cruellement souffert dans leur âme, ces fières et douces femmes dont les pères, les fils, les époux, les frères avaient versé leur sang pour la patrie; d'autant plus souffert qu'elles avaient caché leurs larmes, à l'heure de la séparation, pour ne pas amollir les courages, et qu'elles avaient dû, plus tard, refouler dans leur cœur le chagrin des pertes irréparables, pour assurer à la génération nouvelle la confiance dans les nouvelles destinées de la France. Mais il semble que Dieu leur eût fait tort en ne leur demandant que des larmes, des prières, des leçons et des exemples. Chez nous, de temps immémorial, les femmes ont des cœurs virils, et dans le sacrifice, leur part est aussi belle que celle de leurs fils ou de leurs époux. Aussi leur fallait-il mettre dans la coupe un peu de leur propre sang.

Si vous doutez de cet appel, veuillez rapprocher les deux feuillets de ce funèbre diptyque où nous avons inscrit les victimes de ces deux catastrophes. Ce sont les mêmes noms, au moins pour ceux qu'une illustration particulière arrache à l'oubli fatal où tombent nos meilleurs souvenirs: Orléans,

Luynes, Dampierre, Grancey, Laffite, Munier, Carayon-Latour, et tant d'autres qui désormais appartiendront doublement à l'histoire de nos malheurs et de notre relèvement.

Oh! Messieurs, j'ai hâte de le dire, il ne pouvait les condamner à ces hécatombes, dont la guerre étrangère et la guerre civile vous ont laissé le douloureux souvenir! Nous ne pourrions supporter une pareille pensée, quelque résignée que fût notre foi à la sagesse du Tout-Puissant. Mais il pouvait, — et c'est cela qu'il vient de faire, — il pouvait prendre parmi elles les plus pures, les plus saintes, les unir dans la mort aux victimes de la première heure, et consommer ainsi l'expiation qui nous assurât l'espérance.

C'est fait! L'ange exterminateur a passé. Couronnes aux lys de France, cornettes aux blanches ailes, fleurs et rubans des juvéniles parures, crêpes austères qui couvraient des cheveux blanchis, humbles coiffes des servantes, il a tout égalisé de son piétinement, dans la boue sanglante où l'œil cherche vainement quelque trace de toute cette noblesse et de toute cette beauté. Oh! ne détournons pas la tête, et saluons plutôt le rayonnement qui monte de cette fournaise, — aurore troublée peut-être, mais prête à s'épurer, d'un jour plein de consolations et de gloire.

Et vous, Seigneur, abaissez vos yeux sur les victimes choisies par vous-même et sur la générosité de leur immolation. Vous connaissiez leurs cœurs et vous saviez ce que vous pouviez leur demander pour le salut des âmes et de la patrie. Vous saviez que vous pouviez tout exiger d'elles, même le sacrifice de leur vie; et, dans une commisération ineffable, vous les avez prises au mot, si j'ose ainsi parler, sans leur laisser le temps de se reconnaître en face du suprême renoncement, celui de leurs affections. Mourir n'était rien pour elles! Mais qui pourrait sans frémir penser à ce qu'elles eussent éprouvé, si elles avaient pu d'avance compter les déchirements, qui naîtraient de leur absence en tant de vies, dont elles étaient la force et le charme? Vous avez adouci les bords de la coupe mortelle, et la foudre ne leur a pas permis de trembler devant l'éclair!

C'est l'heure de la récompense pour elles et de la consolation pour nous. Ce qu'elles vous demandaient, vous le savez, ô Seigneur, et nous le savons aussi, nous qui souffrons de l'angoisse où nous retiennent les divisions qui nous déchirent, depuis que votre esprit a cessé de nous inspirer et de nous régir. Impuissants, nous les hommes, avec notre prétendue sagesse et notre apparente abnégation, à rapprocher les éléments disjoints de la famille française, aveuglément obstinés dans nos préjugés et nos haines, — nous avons renoncé à refaire l'union qui prépare à nouveau l'unité.

Ce que nous désespérions de faire, le sacrifice de ces humbles victimes de la charité l'a déjà commencé, et l'unanimité qui nous rapproche autour de leur tombe en est une garantie. Nous en viendrons à comprendre que nous sommes tous de même nature et devons être d'un même cœur. La justice, qui nous frappe en les frappant, les a prises en toutes les conditions, la fille des rois et la fille du peuple, pour leur demander une égale part de la rançon et leur mettre dans l'âme la volonté du même renoncement. Qui oserait encore, en présence de leurs restes, parler d'antagonisme entre les classes de la société française, sans mériter le mépris et la malédiction de tous les honnêtes gens? Où donc la mort les a-t-elle trouvées réunies? A quelles infirmités et à quelles misères voulait porter remède et consolation la charité de ces patriciennes, de ces ouvrières et de ces servantes empressées à la même œuvre dans la même joie et la même fierté?

Pendant que d'abominables excitations travaillent à creuser un abîme entre les petits et les grands, entre les riches et les pauvres, les douces et pures âmes jetaient à pleines mains dans la tranchée les ingéniosités et les ressources de la fraternité chrétienne. Elles payaient du même sourire l'or du financier et l'obole de l'artisan, réunis dans leur aumônière, au profit des œuvres de toute nature qui servent la cause des malheureux. Elles savaient de quels dédains affectés, de quelles insinuations malveillantes on a coutume, depuis longtemps chez nous, de récompenser leur zèle : mais elles étaient de trop bonne race et de trop grand cœur pour s'y arrêter un instant. A quoi bon se préoccuper des insulteurs quand on travaille pour Dieu et pour la patrie?

O chères et nobles victimes, vous pouvez dormir en paix : votre désir se réalise et votre œuvre s'achèvera bientôt, je l'espère, grâce à l'intercession que vous lui assurez dans le ciel. Ici-bas, vous gardiez forcément les traces de l'infirmité humaine, et nous pouvions douter de votre puissance sur le cœur de Dieu; aujourd'hui vous nous apparaissez, comme Jeanne d'Arc sur la nuée rougeâtre du bûcher, entourées de lumière, et montant vers la gloire, où vous attend l'Inspirateur de votre charité et le Rémunérateur de votre sacrifice.

De la joie où vous êtes, n'oubliez pas ceux qui vous pleurent ici-bas : mères, filles, épouses, sœurs, amies, souvenez-vous des fils, des époux, des frères, des amis, plongés dans le deuil par votre absence, et soyez-leur présentes par la consolation dont vous avez maintenant la puissance ! Soyez-leur présentes surtout par l'influence de vos âmes sur les leurs, et remplissez-les de votre foi, de votre charité, de votre abnégation, afin qu'ils soient dignes de l'honneur que Dieu leur a fait de vous appartenir !

Mais aussi, ô martyres, n'oubliez pas la patrie et forcez le Christ, roi des Francs, à rassembler dans la paix de son règne tous ceux qu'on a essayé d'en séparer, afin qu'il n'y ait plus à jamais qu'une France, invincible à tous ses ennemis, par l'unité dans la foi qui fut la vôtre, et dans les vertus dont vous nous laissez le souvenir !

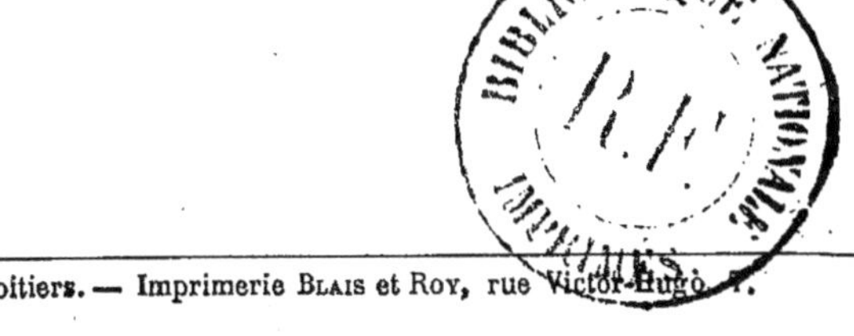

264